U0035319

舞截句

蕓朵 著

【總序】
不忘初心

李瑞騰

一些寫詩的人集結成為一個團體，是為「詩社」。「一些」是多少？沒有一個地方有規範；寫詩的人簡稱「詩人」，沒有證照，當然更不是一種職業；集結是一個什麼樣的概念？通常是有人起心動念，時機成熟就發起了，找一些朋友來參加，他們之間或有情誼，也可能理念相近，可以互相切磋詩藝，有時聚會聊天，東家長西家短的，然後他們可能會想辦一份詩刊，作為公共平台，發表詩或者關於詩的意見，也開放給非社員投稿；看不順眼，或聽不下去，就可能論爭，有單挑，有打群架，總之熱鬧滾滾。

作為一個團體，詩社可能會有組織章程、同仁公約等，但也可能什麼都沒有，很多事說說也就決定了。因此就有人說，這是剛性的，那是柔性的；依我看，詩人的團體，都是柔性的，當然程度是會有所差別的。

「臺灣詩學季刊雜誌社」看起來是「雜誌社」，但其實是「詩社」，一開始辦了一個詩刊《臺灣詩學季刊》（出了四十期），後來多發展出《吹鼓吹詩論壇》，原來的那個季刊就轉型成《臺灣詩學學刊》。我曾說，這一社兩刊的形態，在臺灣是沒有過的；這幾年，又致力於圖書出版，包括同仁詩集、選集、截句系列、詩論叢等，迄今已出版超過百本了。

根據白靈提供的資料，2020年將會有6本書出版：

一、截句詩系

新加坡詩社　郭永秀主編／《五月詩社截句選》

蕓朵／《舞截句》

二、臺灣詩學同仁詩叢

王羅蜜多／《大海我閣來矣》

郭至卿／《剩餘的天空》

三、臺灣詩學詩論叢

李瑞騰主編／《微的宇宙：現代華文截句詩學》

李桂媚／《詩路尋光：詩人本事》

截句推行幾年，已往境外擴展，往更年輕的世代扎根了。今年有二本，一是新加坡《五月詩社截句選》，由郭永秀社長主編；一是本社同仁蕓朵的《舞截句》。加上2018年與東吳大學中文系合辦「現代截句研討會論文彙編成《微的宇宙：現代華文截句詩學》，則從創作到論述，成果已相當豐碩。

「臺灣詩學詩論叢」除《微的宇宙：現代華文截句詩學》，有同仁李桂媚的《詩路尋光：詩人本事》。桂媚寫詩、論詩、編詩，能靜能動，相當全方位，幾年前在彰化文化局出版《詩人本事》

（2016），前年有《色彩‧符號‧圖象的詩重奏》納入本論叢（2018），今年這本「詩人本事」，振葉尋根，直探詩人詩心之作。

今年「同仁詩叢」，有王羅蜜多《大海我閣來矣》主題為海，全用臺語寫成；郭至卿擅長俳句，今出版《剩餘的天空》，長短篇什，字句皆極精練。我各擬十問，讓作者回答，盼能幫助讀者更清楚認識詩人。

詩之為藝，語言是關鍵，從里巷歌謠之俚俗與迴環復沓，到講究聲律的「欲使宮羽相變，低昂互節，若前有浮聲，則後須切響」（《宋書‧謝靈運傳論》），是詩人的素養和能力；一旦集結成社，團隊的力量就必須出來，至於把力量放在哪裡？怎麼去運作？共識很重要，那正是集體的智慧。

臺灣詩學季刊社將不忘初心，在應行可行之事務上全力以赴。

【自序】舞動之後
——限定與框架如何架起一座圍籬？

蕓朵

「舞」字的本源是「無」，這是篆書的寫法，而「無」的古字起源像一個人肩上挑一根扁擔，掛著二個人在跳舞的樣子，文字演變到後來，從「無」下面加上「舛」為後來的「舞」字。

從無到有，是天地創生之始，從無而有，從一生二，太極生二儀，二儀生四象，演生八卦，八八六十四卦，含蓋天地萬物之基本形貌。「無」是一種初生的狀態，是混沌之後，開始翻出天地陰陽，世界萬物的開端。所以從無到有，也是一種變化的運轉力量。

「舞」是動態，舞截句暗合有翻轉變化的生成狀態，從無到有的能量動態，也說明文字在變化中試圖產生新的變動。截句從2015年蔣一談先生提出，其實就蘊含著「變」的可能，蔣先生從小說中截取隻字片羽，試圖重新詮釋「片斷」產生的意義，當文字不再服從於小說情節時，獨立出來的身姿是否有新的詮解空間？或是新的精神暗示？新的意象視野？而有別於縮身於龐大小說文字體系中的關係？這些試圖掙脫既定的文字體系，想要找到詮釋定義的同時，也拓展了文字本身可能的歧義性，而造成更多的解讀空間。

換言之，一樣的文字藏在段落中，或是個別獨立出來，像是一棵大樹中的葉子，群體存在或是獨立，以群體樣貌的形態產生的意義或是放在手掌心中的一、二片葉子，兩者是否有所不同？所喚醒的關注焦點或是情感精神的意涵，是否因為時間空間、形式的改變而有新的解讀呢？

語言文字在變化中逐漸固定意義，然後可能僵化，也可能在時空變化中崩解，產生錯讀，接著重新架構新的意涵。文學創作正是在這樣的變化中不斷前進，在文字的實驗精神中翻新並找到新的定位，然而，再定位之後，便可能自時間流轉與空間變動下，再產生新的突變。語言文字之所以可貴，在於創造的精神，也在於種種變化的可能，文學創作之可貴，也在於創造的精神，使得文明與精神的提昇透過語言文字的實驗與創新，看見文字之所以成為藝術創作的一部分。

截句的精神在於破而立，截斷文字的流暢性，取出精華，再造新的意涵可能，實驗的精神在於改變、創新的渴望。對於我而言，那種一時技癢的感覺，一時興起想要在這樣的形式中磨練自己語言創作的可能，變成為有趣的挑戰。

舞者，是美的、愉悅的、是動態的、變化流暢的，對於創作者而言，舞動文字是變化的功夫，是創新與嘗試，是將文字化為動態的舞蹈，此本詩集《舞截句》就是我的一面嘗試書寫的牆。所以詩句時長而短，題目任意而為，語言扭曲或是意義變造，恐怕我尚未白髮而語言已經狂飆。

縱觀詩的演變歷史，從《詩經》以來，簡單的修辭與聲韻歌詠透過聲調表現人們的情感，而魏晉逐漸形成的聲韻之學，對於詩歌聲情的啟發，並給語言文字更多繁複的修辭，唐代帝國一統之氣勢，格律與聲韻，字數限定直接宣告大國的統一歸趨。在既定的條件下，透過嚴格的規則，看看文人在文字的表現上可以達到怎樣的高度？而唐代文人不負所望，在規則中找到自己的路，開啟唐朝詩的王國。當然，白話文的興起，拋開所有手銬腳鐐的同時，渴望自由帶來另一種翻飛的可能。白話詩，現代詩沒有規則，在沒有規則中，就看大家如何尋找美的規範或者是沒有規則中的美學，現代主義、後現代主義或是其它，都由作者自行決定。

那麼，如果也想試試把眼睛遮住舞劍呢？是否對創作者而言也會產生衝擊或進步？

所以，截句的各種表態中，從蔣一談將小說截取成為片段文字，或是白靈以四行以內為詩，可以表現四、三、二、一行的詩作，加上標題成為四行內的短詩，或是我在《蕓朵截句》中沒有標題，而以數字標出，讓整本書成為一首長詩，無論在何種的形式中，都是對於詩的形式的解讀，對文字創作上的挑戰。

此本《舞截句》，暗示無截句，因為無，所以有，有也好，無也好，同時也隱藏舞動截句的意涵，雙重的矛盾也許也是創作者內心的矛盾。

在此本詩集中，以四行為詩，每詩都有標題，故意以四行形式綁住自己，我卻想試著在其中跳躍。想到近體詩的絕句，也是以四行為要，五言四行，二十字；七言四行，二十八字。在小小的舞臺空間中表現詩人的文字媚力。而現代的截句，雖是四行，每句卻無長度限制，語言文字則是以白話為主，表現現代人的精神，雖是行數一樣，骨子裡卻不一樣。我在想，絕句四行、俳句四行、律詩八行、截句四行以內，這些行數能給創作者多大的限制嗎?是侷限了想像力或是創造力呢？還是讓語彙就此綁手綁腳？

形式重要嗎？或是語言的膽氣重要？有無截句，四行為詩，綁住手腳，是否也能跳舞？現代詩中的四行為詩，是否可以表現更多的形式特色？例如，四行形式在分段上可以表現為：

1.四行不分段。

2.二行為一段，分為二段。或是二行一段，另一行各自成段，共三段。

3.三行為一段，另一行為一段。共二段。

4.各自一行為一段。共四段。

在四行中，首先是段落的安排，段落安排的變化方式，讓意象與主旨隨著段落的變化而產生頓挫。其次，透過白話文的長句與短句的搭配，更加強節奏與情節的交錯。然後，在語言的停頓與情感的轉折中，可將轉折放在第二行或第三行，而不一定在第三行才產生變化，如此一來，形式與語言的表現，各種因素綜合融入其中，四行可以有更多的表現形式，玩法就更多更有趣了。

此本舞截句中，以四行為玩法，所舞者為四行之詩，題目可以嘗試，內容可以嘗試，舞動的或舞不動的，都是一種過程。形式如果是舞臺，那麼，我建造形式的舞臺，讓自己在其中漫舞，帶著四行的實驗，舞動著截句的聲光。

「舞」為動態，融合音樂與動作，甚至語言故事情節，或者更多，而「無」是沒有之意，既是來源之無也是終極之無。一個是有形，一個是抽象的呼應。有「舞」者時，有實體動作之形，「無」者，卻是抽象的哲學議題。由於兩者同時來自一個字源，是否在舞動的同時，也暗示著舞蹈的時間意涵，當舞者的動作成為時間的藝術，一揮手之間，時間流動，每一個變化與動作，就書寫著時間與空間的流逝。彷如一個動作發生，然後死亡，因為消逝，下一個動作卻因之而生，從無到有，似乎也隱約嗅到生命輪轉的生生不息。

「無」而生有，有而到「無」，人生是一場舞蹈，生而後死，死後輪迴再生。每一次舞過之後，留下一次喟嘆，一場華美或蒼涼的色調，一個屬於自己的舞台，穿著靈魂演出的一次戲碼，一個以自己為主角的起落，而落幕之後，留下一個名字，離開身體之後，名字也僅僅存在於曾經的時空中。

成也好，敗也罷，就是走一遭，玩一場，最後都是一樣的歸宿。然而，來過，做過，寫過，也就如煙花盛開，燦爛與否重要嗎？無論最後成了煙塵，還是曾經點燃最亮的天空，總之，我努力過，我寫過，我走過。

2020.7.29書於山實齋

目錄

輯一 也可以溫柔。潑辣也可。

輯二 琳瑯滿目，情話綿綿。

輯三｜小女人記事，大女人你好。

輯四｜歲月無情，活著就好。

輯五｜你若隨性自在，天空便任我翺翔。

也可以溫柔。
潑辣也可。

心

每顆心都很詩

很瘦很實很傷很淚很腫

每個夜晚都是

調調鬧鐘數著羊翻翻身搔搔癢

釋放你的小溫柔

其實我更想讓顏艾琳喝酒

大口吃肉。雖然我並不愛這些。

吃素的雌性動物不夜行

不歸，但想幾個好友在月下讀詩，限凝得出水那種。

雨天泡茶

泡茶，聽雨打窗臺的聲音

牛飲是可以

小酌也行

任性是一方一方任我來去的茶香空間

發呆午後

彷彿時間扭曲成不規則的線條
我坐在紛紛掉落中間

交錯的是心
交換的是空間

貓的身體躲著你的靈魂

被限制用四隻爪子爬過人生屋簷
嘆息如泡沫

起床時碎裂的
是一張弓著的春夏秋冬

紫藤五音

No.01

如雨的語音輕彈而下

每片花瓣都在微微沉睡

像串珠暈染無數淡紫，我的那一個

夢，偷偷躲在星般閃爍的幻影裡

No.02

一種說不出不能說的痛苦

藏在串珠般絢麗中

你看到美的時候

正是傾斜所有的瞬間。從此，崩裂。

No.03

也許我的髮是微紫色

鑲滿愛，歡喜和讚嘆

然而疲累是一股刀法

把流動的風削平了淡然蒼白

No.04

那些撩撥的光影都在暗中哀傷
凝聚的煙霧膨脹，緩緩蒸發
我那微紫的曖昧啊！

燃燒的時候不會喊一聲痛

No.05

我一直在找你直到我找不到你

這世界一直在幻影中閃躲

我讓文字瘋狂詩意狂奔

直到天邊消滅在紛紛亂亂的色調裡

——刊登野薑花31期

你可以更靠近一點

我們很近

近得無比陌生

身體是身體的落花

心是心與心的距離

書法也跳舞

舞著，源自於無。

從黑白分一個圓之後

太極二儀生出無數個男男女女

　　拿著毛筆說天畫地，你也瘋狂。

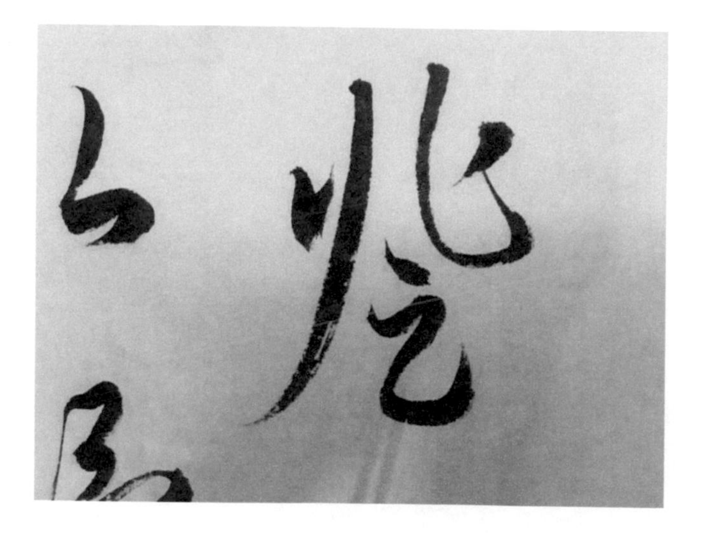

燃燒你

冰雪製造的故事
寫滿謊言

而我們很癡迷
在虛幻中燃燒自己

遊戲

旁邊去打遊戲

我是訊息

你是部分尚未消逝的

得失心

遊

戲

祕密

習慣把祕密綁成一團
壓縮在音樂盒雕花的彎曲轉角
讓最華麗的二胡在曲調間拉高

拋下，平衡在田野

——刊登吹鼓吹35期

秘密

昨夜的雨還沒醒來

透明是澄淨凝結的心

最完整的那幾顆
一直掛在樹上

是你每夜仰望的星星

詩是我流連世間的心境

藍色玻璃似的淚珠

透亮晶瑩

清醒著人與天的交界

感覺的瞬間，所以我書寫。

葉子對誰說話

葉子也有翻身時候

以背抵擋昨日風今天雨

我以腳尖對話

偷拍陽光

把心事寫在水上

想當然耳
你必須聽我的

透明是混沌的面具
背包裡有許多螞蟻，啃過餅乾和糖

琳瑯滿目，
情話綿綿。

二

我是你清晨掛在樹梢的朝露

打開胸前一顆心

古井垂著長滿歷史的繩

汲出的不是水

是藍色的冰

承諾

日子是幾片掉落紗窗外的雛菊
你啞了，不會呼喊

任憑一堆惱人的髮絲纏繞
手指頭勾一勾。答應你，給一把火燒。

有你的天空

因為天空有望不盡的眼睛

你躲藏起來

海與天連接成線

倦鳥的影子在黃昏眼角暈開了

窗外的雨還沒來

窗內有人在等

窗外有鴿子在樓與樓間飛翔
陽臺上藤蔓已經長大沿著銅銹的痕跡走路

窗內有人在等

有思之一

把你放在遠遠遠的遠方

窗臺種一盆思念

澆水時讓天空畫你的素描

這樣，就好。

有思之二

記憶追著記憶
剩下碎片黏貼日子邊緣

走一步跟一步
成了影子

木楠花開

落在樹下

你仰望紫石白色的過往

枯黃的心燃燒成千萬隻眼睛

看著你離去的方向

想念

偶而想起你

　　像一地落雨的紅紫荊

　　天空是灰的

人是雨的，偶而，想起。

夢要不要醒

走一段很長的路才發現
頭髮很短鬧鐘很長
烤麵包忘了加鹽

你把愛情寫在焦黑的眼瞳裡

夢醉

玫瑰門外聽一夜雨聲

銹蝕的穿堂風刮亮花瓣

一葉無語的思考是丟失的意義

聽聲音知道你來了

你去了。當日出第一道陽光。

其實只有一片雲飄過

未曾抓過
水一樣的霧色

離去只是為了相逢
見證我們曾經的擁有

過客

兩顆隕石曾經飛翔遇見

銀河交換一枚呼吸的心

折疊半個宇宙，成形的夢轉換時間能量

　　然後，彼此成為彼此的過客

何必想太多

如果浮雲只有一朵
愛恨情仇可能就不太狗血了

你被拒絕
眼淚不是唯一主角

冷

一言不發把臉拉長

掉下山的溫度是你以眼神

翻過舊照片時

時間匆匆離去的腳步聲

我的心是一片荒蕪的草原

瞧著你手中的汽水
情話綿綿連續不斷破裂的泡泡

叮囑你時
愛情已是一串媽媽的嘮叨綁在你的耳垂

擁有火樣的所有

我們曾經深深以心擁抱

並看著信任遠離

像一隻綠繡眼撞擊天空落下羽毛

點亮燃燒失去所有

你的戀情是一場無辜的遊戲

光是火的背影
一半消失一半不斷回頭望

黑暗抽離後的絕望還在細細反思
你卻已經笑著遠離

三

小女人記事，
大女人你好。

啊，何以廢言

可能的疑問往往是逆向的
你問天空迷漫的病毒何時死去

樹的末端站著一隻麻雀
從白天叫到了夜晚

——2020新肺炎記事

若沒下冰雹

煙塵若是灰色的恩仇

很熱，請下冰雹

乒乓球聲如同仗義的掌聲

世界喧囂與我何干

在家寫字

一張微破的老灰紙

一隻長鋒筆

一部努力在跑我正在追的劇

時間也跟在旁邊，堅決不缺席

一抹霓虹的誓言
整座城市

壺的背面

誰都難證明
誰說正面必然屬於美女版面
誰窩在牆面上就是勝利者

我說，真正的藏家是躲在背面的那枚手指頭

能不能賭一把就看本事

對於女子而言

總之是內外傳統現代道德與不道德

對於想要飛的女子而言

男人的手是一把骰子

元旦

虛幻只是一種想像

沒有外衣

你冷著裸體的昨夜

跳入不可知的零點零分

新年

是一個名詞而非動詞

等待獸或者年的攻擊

午夜十二點若是你還活著呼吸

於是點燃鞭炮說戰勝恐懼

思

蹲在花園一角
陰影構成花的圖譜

想起你的時候
月亮已照上枝頭

花之截句

一、花開

原本是蘊藏一年的希望
還在火熱的天
傳達最瞬間的美麗

你的鏡頭沒有忽略，小小的願望便開滿了星星

二、花謝

當時間走過，人影走過
你走過

花也走過，舞臺上過過一場戲癮
便謝幕了

屬於誰的茶香

抗拒是一種誘惑

每片茶葉乃緊縮自我

截斷生命，為此

斷然成為虛空一縷敲門的迴音

川貝母
炒蓮子
金狗脊

黑白不分

顛倒是謊言的開始

無論口渴與否

舞臺上你必然

跳一場與自己臉色不一樣的舞蹈

今年夏天熱得像喝完一瓶特級金門高粱

腦袋裝的不是酒

是正在凋零的牡丹花

你聽見斑駁天氣呼喊的焦慮嗎

一次又一次在深夜裡，翻身。

夏荷

詩的荷葉鑲著銀珠

是你昨夜偷偷自天空灑下的雪

被一整片綠意捧著的時候

冰就融化，成了鑽石

——刊登吹鼓吹35期

絲瓜麵線

綠意只是假命題
引誘你夏天暫時的理性清醒
粗皮嫩肉是證明（管它的消暑就好）

加點香油誰說熱鬧只是一只跳上跳下的貓

粽子

打包屈原也打包心

縱橫交錯捆綁的

是你站在街口尋找自己

迷失在菱形的立體香味中

應該站高樓

可以睥睨天下
空氣膨脹如胸口欲吐出的痰
風被壓低在滾滾灰塵

飛吧，你是一隻剛剛解開束縛的鷹

輯四

歲月無情，
活著就好。

亂塗鴉

驚起的墨色

暈染你蹦出的嫣紅

一葉一花走到轉角

留下時間

——午後，宅家中，任隨意。刊登人間魚詩刊2020

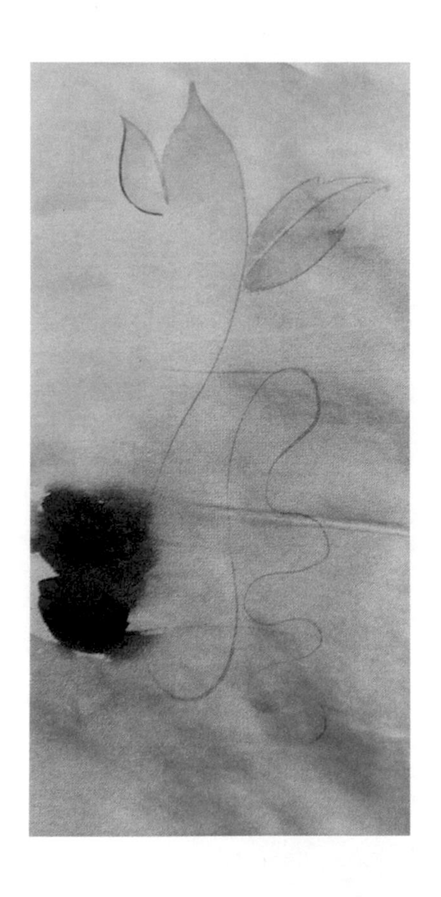

獨自茶截句

其實這是我的茶碗你的缸

其實只是你的天空我的草原

其實你的俯視我仰望

你的三千世界我一杯，其實

——2020武漢肺炎記事，下雨不出門泡茶看書也頂好

平安吉祥

純粹是一種幸福

紅是宣言

三百六十五種太陽東昇

明年仍在圍爐把酒胡說天地

黃昏

孤獨如火
我是煙
點燃於你薰香的角落

艾草淹沒一屋子荒涼

憑空

記憶只是一閃而至的微波
空氣消失
終究時間不再
而你也僅僅是煙塵

我要的不多

有一方藍天

冬日裡淺淺的陽光

咖啡果香與不輕不重文字

時空暫停的靜謐

玉蘭花

十字路口販賣的手

長著花的筋脈

三朵十塊錢

彷彿早已開落的明天

養壺

一個人的時候
茶以澄淨宣告為半屋主人
壺讓一把紫砂佔據空間，以及
熱騰騰的溫暖，在冬天

人生也來唱唱五截句

01.生來一般般

天生一件衣裳
皺而紅

哭而狂哭
苦只是聞到世間的第一味

02.轉大人

像一個瓶子裝水氣泡以及吃好後嗝出的
青春美貌聰明財富有車有房有子有孫有
名有利有體力拼啊有熬夜不想睡也不累
算命師算過你長過肩膀舉起的頭好壯壯

03.老啊，都算了

總是說著說著，說著喝過的酒與鹽
比誰更深厚，啊，再說一次……

像沉入深淵的老龜探頭緩慢緩慢
好長一段呼吸

04.病什麼?

生命薄如一張紙

一捅即破

猶如冬天蓋上輕涼薄被

在你身體的零度徘徊就是甩不掉

05.或者只是靈魂離開

其實天堂就在手邊

一閉眼就到了

宇宙折疊成魔術方塊

轉著轉著就平了

——刊登吹鼓吹40期

倒數

別說無常

別讓悲傷砌成聳立的高牆

生命不過是一場華麗的跨年

在過去和未來間拔河

有機會頓悟

何嘗不是一種
身穿鐵甲的柔軟肉身

你死亡

然後你醒來。在菩提樹下。

肉身

病是一種象徵
虛無建造世界
組合與分解都在時間的秤盤上

來自遠方　走向遙遠

留下一顆心等你

樓上站著一個人
時間比他還高

連影子都消失的時候
喉嚨裡還哽著去年你說了一半的那句話

記憶

學什麼丟什麼

邊走邊喃喃

眨眨眼

你剛剛說了什麼

輯五

你若隨性自在，
天空便任我翱翔。

文字不悲傷

生命可以悲涼

心不可以

心若荒涼

文字就成了一片枯死的沙漠

破

總想打破花瓶
讓花與水混成一片

縱然沒有驚豔的瞬間
也想要可能的虛無在幻滅的煙華

誰是莊周

夢把人生寫成一幅幻境
人生把夢畫成彩蝶

夢是現實的森林
現實是夢的虛影

呼吸

生與死的距離其實很短

你跨越門檻

之間

太陽便從東方昇起西方隕落

二束花——記2020清明

留給你一束白菊花
紫色玫瑰我帶回家

從此無關風無關雨無關人，無關世間。
無須揮別不要言語，有天有地，就好。

擬詩

我刻意穿過星象與命

像一層薄薄的霧與跳開的遠方

穿牆而過

剩下還在自己裡面的屋內自己

有風吹過

安靜隨時間老去

如一陣嘮叨

喧嘩是這城市的早晨

因為有風吹過

截句四韻

一、水中

我們在同一條河裡
翻過河底小石，攀上岩頭
站上山腰

向下跳出一個時代的弧度

二、山中

從雲中走出煙
氤氳是一種空氣的味道

山間流動的粒子
紛紛為你鼓掌

三、雨中

濕度只是數字跳出來感動你的
眼睛。打在地面上彈出
透明知識

因為浪漫說故事的時候總是下著雨

四、石中

找不到站立的地方
便是尋覓的開始

只要有一雙腳，鞋底便可以長著根
像松樹盤坐石上，靜了，定了。

——刊登吹鼓吹38期

敬夢想

現實是一團滾動不停的毛線
那年，風吹，北京路邊的蓬草

灰褐色的生命跟著乾枯的血管沉默
今年，舉杯，拋在腦後的昨夜凌晨十二點

碎夢想

偶而想起你

一陣風吹過

聽見記憶遠遠離去

步伐從來都是淡淡的了

你不過是一具繞著遠路的肉身

真理很短很震撼

厚重的是角色輪轉不停，誰有辦法？

頭腦熟透了，想要從零開始

數到一半你便忘記右腳左腳誰在前誰在後

生之截句

我們都是空洞的回音
赤裸著身而來
最終成為火下的灰塵

手中握住的是一襲灰白色的眼神

問號

你不敢有顏色的表情
冰是一種態度

岩石後面許多眼睛瞪你
神話是某一種話語，界定你原始的心情

崩解道德的時候
老子也跳出來喊話

一輩子沒當過壞女孩

給人壞壞榜樣也不錯

有一天不再想寫一個好字了

如果壞是一種自由

成佛

是什麼
是什麼讓心的執念堅固又放下
是什麼離開或接近了

如一隻鴿子飛離城市

語言文學類　PG2493　截句詩系44

舞截句

作　　者 / 蕓　朵
責任編輯 / 石書豪
圖文排版 / 蔡忠翰
封面設計 / 蔡瑋筠

發 行 人 / 宋政坤
法律顧問 / 毛國樑　律師
出版發行 / 秀威資訊科技股份有限公司
114台北市內湖區瑞光路76巷65號1樓
電話：+886-2-2796-3638　傳真：+886-2-2796-1377
http://www.showwe.com.tw
劃撥帳號 / 19563868　戶名：秀威資訊科技股份有限公司
讀者服務信箱：service@showwe.com.tw
展售門市 / 國家書店（松江門市）
104台北市中山區松江路209號1樓
電話：+886-2-2518-0207　傳真：+886-2-2518-0778
網路訂購 / 秀威網路書店：https://store.showwe.tw
國家網路書店：https://www.govbooks.com.tw

2020年12月　BOD一版
定價：320元

國家圖書館出版品預行編目

舞截句 / 蕓朵著. -- 一版. -- 臺北市 : 秀威資訊科技, 2020.12

面；　公分. -- (語言文學類 ; PG2493) (截句詩系 ; 44)

BOD版

ISBN 978-986-326-860-4(平裝)

863.51　　　　109015339

讀者回函卡

感謝您購買本書，為提升服務品質，請填妥以下資料，將讀者回函卡直接寄回或傳真本公司，收到您的寶貴意見後，我們會收藏記錄及檢討，謝謝！如您需要了解本公司最新出版書目、購書優惠或企劃活動，歡迎您上網查詢或下載相關資料：http:// www.showwe.com.tw

您購買的書名：________________________________

出生日期：________年________月________日

學歷：□高中（含）以下　□大專　□研究所（含）以上

職業：□製造業　□金融業　□資訊業　□軍警　□傳播業　□自由業

□服務業　□公務員　□教職　□學生　□家管　□其它____

購書地點：□網路書店　□實體書店　□書展　□郵購　□贈閱　□其他

您從何得知本書的消息？

□網路書店　□實體書店　□網路搜尋　□電子報　□書訊　□雜誌

□傳播媒體　□親友推薦　□網站推薦　□部落格　□其他________

您對本書的評價：（請填代號　1.非常滿意　2.滿意　3.尚可　4.再改進）

封面設計____　版面編排____　內容____　文／譯筆____　價格____

讀完書後您覺得：

□很有收穫　□有收穫　□收穫不多　□沒收穫

對我們的建議：________________________________

____

____

____

請貼
郵票

11466
台北市內湖區瑞光路 76 巷 65 號 1 樓
秀威資訊科技股份有限公司 收
BOD 數位出版事業部

....

（請沿線對折寄回，謝謝！）

姓　名：＿＿＿＿＿＿＿＿　年齡：＿＿＿＿　性別：□女　□男

郵遞區號：□□□□□

地　址：＿＿＿＿＿＿＿＿＿＿＿＿＿＿＿＿＿＿＿＿

聯絡電話：(日)＿＿＿＿＿＿＿＿(夜)＿＿＿＿＿＿＿＿

E-mail：＿＿＿＿＿＿＿＿＿＿＿＿＿＿＿＿＿＿＿＿